HANS DØD ER ALDRIG PERMANENT

Unna Hvid

Hans død er aldrig permanent

En gotisk fortælling fra Zeitz

© 2022 Unna Hvid

Redaktion: UNID
Foto: Unna Hvid (fotos tilføjet SH-filter for tegnebly-
ant)
Forside: Unna Hvid

Forlag: BoD – Books on Demand, Hellerup, Danmark
Tryk: BoD – Books on Demand, Norderstedt, Tyskland
ISBN: 9788743048961

Det, jeg vil fortælle om, ligger et par år tilbage. Det har taget mig noget tid at blive klar til at dele mine oplevelser fra mit ophold i den sydøsttyske by, Zeitz, og du må have mig undskyldt, hvis jeg stadig kan virke usammenhængende, når jeg fortæller. Også, at jeg ikke kan fortælle, hvem jeg er. Jeg er stadig ikke sikker på, om det, jeg oplevede, var virkeligt eller indbildning som resultat af en stressudløst psykose, sådan som lægerne sagde. Om det nu er det ene eller det andet, så er jeg enten skyld i en ung piges brutale død, eller også kan jeg ved at fortælle om det nedkalde en dæmonisk vrede over min ringe person, som jeg gerne vil kunne sige, at jeg er undsluppet. Men lad mig begynde ved begyndelsen.

For to år siden rejste jeg til Zeitz for at tage en måneds ophold på en nyetableret kunstnerresidens i et nedslidt og stort set forladt industrikvarter i byen. Officielt for at få ro til at skrive på min afhandling, men i højere grad for at *trække stikket*, som min læge udtrykte det, da hun fortalte mig, at jeg risikerede at blive alvorligt syg, hvis jeg ikke sygemeldte mig på mit arbejde.

Forud var gået nogle år med stigende arbejdsbelastning, ringere arbejdsforhold og, især, et ulideligt dårligt arbejdsmiljø med sladder, konkurrence om de få fastansættelser og tilfælde af direkte chikane blandt kollegerne. Jeg kan ikke røbe for meget, men jeg arbejdede indenfor feltet antropologi og religionshistorie, og selv om jeg elskede mine fag, hadede jeg efterhånden alt, hvad der derudover var forbundet med mit arbejde. Jeg havde aldrig rigtig gjort noget for at ændre mine forhold ud over at grave mig ned i mine egne opgaver i forsøget på at undgå både kolleger og ledelse. Men sådan fungerer verden ikke, og langsomt fik jeg det så dårligt med mit arbejde, at de fysiske og psykiske symptomer var umulige at overhøre. Jeg bad lægen om piller og henvisninger til fysioterapeut. Hun svarede ved at se mig dybt i øjnene og sige, at jeg blev nødt til at trække stikket. *Du må sygemelde dig, du må tage en pause og finde ud af, om du vil blive ved med at have det sådan her, for som jeg ser det, er du tæt på et sammenbrud.* Det vakte en vis genklang i mig. Jeg følte, at et stort mørke var i færd med at lukke sig over mig.

Men alligevel. Sammenbrud. Stress. Psykisk sårbarhed. Det var meget at skulle dele med sin arbejdsplads, når det eneste, der talte der, var spidse albuer og resultater. Jeg valgte derfor ikke at sygemelde mig, men at tage en kort orlov for at skrive på min afhandling. Det var noget, enhver forstod. Også selv om det var noget, de færreste gjorde, fordi en tom plads, om end midlertidig, forårsagede en veritabel stoledans om sædet. Når jeg ser tilbage på det, så var det, der skete, selvfølgelig langt værre, også for mit faglige omdømme, end det ville have været at aflevere en sygemelding. Men dengang syntes det vigtigt.

Altså rejste jeg til Zeitz og tilbragte en april måned i byen med de mange forladte steder.

Da jeg kom hjem, blev jeg indlagt akut på den lukkede afdeling som psykotisk, og siden tilbragte jeg måneder på en åben psykiatrisk afdeling efterfulgt af ambulant behandling for stresseftervirkninger som PTSD og depression.

Det, du nu skal læse, er min beretning fra Zeitz. Den er baseret på dagbogsnoter, jeg tog dernede og mit forsøg på at beskrive forløbet trekvart år efter, jeg var kommet hjem og stadig modtog psykiatrisk behandling. Bare tanken om nu at sætte mine noter sammen til en forståelig fortælling fylder mig med uro, og jeg kan mærke frygten komme snigende igen. Måske skulle jeg slå mig til tåls med, hvad lægerne sagde; at alt, hvad jeg oplevede i Zeitz, var resultatet af den psykiske overbelastning, jeg i årevis havde været udsat for i forbindelse med mit arbejde. En overbelastning, som havde udløste en psykose, som begyndte, mens jeg var i Zeitz. Den ondskab, jeg havde set og mærket i byen, var med andre ord ren indbildning.

Men ser du, jeg føler mig overbevist om, at noget ondt residerer i Zeitz, noget som har boet der i mange, mange år. Årtier bestemt, århundreder måske.

Døm selv.

A.K., forår 2024

Da toget rullede ind på stationen i Zeitz, var det sidst på eftermiddagen. Den vind, som hele vejen fra Leipzig havde rusket i togvognene, var taget til og peb koldt ned langs de tomme perroner. Skyerne hang tungt og mørkt over byen. Jeg tog tag i både mig selv og min kuffert og skyndte mig ud foran stationen og fandt en taxa. Jeg krøb ind i varmen og lod chaufføren klare min bagage. Jeg gav ham adressen på den gamle Nudelfabrik. Han skændte, fordi turen var så kort.

"Hvad vil De også der? Det er jo bare nogle forfaldne industribygninger?" Han rynkede på næsen, mens han manøvrerede taxaen rundt gennem gader med forladte huse og ituslåede ruder.

"Jeg skal bo der i en periode," svarede jeg med større entusiasme, end jeg følte.

"Det kan De da ikke, bygningerne står tomme. Er De en slags besætter, eller hvad?" Jeg spekulerede på, om jeg lignede sådan en.

"De er ikke tomme, der er en ny kunstnerresidens."
I det samme nåede vi Neue Werkstraße 4.

"Se bare der," fortsatte chaufføren og kørte langs med bygningen, som var imposant, men i dårlig forfatning. "Der kan De se, bygningen er tom. Er De sikker på, at De vil af her? Skal jeg ikke hellere køre Dem til et dejligt hotel? Det der er ikke noget godt sted." Bygningen så unægtelig ikke særlig gæstfri ud. Men jeg bad ham alligevel om at sætte mig af ved den eneste indgang, jeg kunne få øje på. Et frønnet håndmalet træskilt forkyndte: "Eingang Nudelfabrik". Da chaufføren tog kufferten og tasken ud af det beigefarvede køretøj og satte dem foran mig, var det med et bekymret udtryk i øjnene og en let hovedrysten, da han skyndte sig tilbage til sin varme bil.

Idet jeg hankede op i min bagage, fejede et kraftigt vindstød sand og skidt op fra trappen. Jeg stod lidt og blinkede for at få sand ud af øjnene og tænkte, at et rent hotel og et skoldhedt karbad slet ikke havde været så dårlig en ide.

I det samme gik døren op, og en høj mand fløj ned ad trappen for at tage min kuffert og taske samtidig med, at han præsenterede sig som Mathias. Ejeren af kunstnerresidensen, Nudelfabrik. Jeg stavrede op ad trappen efter ham, og han bar min bagage rundt gennem bygningerne, som om de intet vejede, og selv om i hvert fald kufferten havde hjul. Hver gang, vi kom til en ny dør, mindede han mig om, at jeg skulle huske at låse den, især om natten.

"Nu var det ellers blevet så flot, men støvet trænger ind alle vegne, når vi renoverer," sagde Mathias med en attitude så lys, at det næsten lød som om, støvet var en ekstra bonus. Der var udgang fra fællesrummet til gårdspladsen. Mathias pegede ned på den eneste bygning, som ikke var i røde sten.

"Det er der, I skal bo. Lad os finde dit værelse." Så gik vi over gårdspladsen ned til den hvide bygning med den høje trappe. Vinden hylede i metaltrinnene, og gelænderet var koldt mod min hånd. Indenfor var der grupper af mennesker alle vegne, og Mathias introducerede og præsenterede, bad folk udveksle telefonnumre og stak ordrer ud til arbejdsfolk, vi mødte på vejen. Støvet lå tykt ligesom arbejdsredskaber og byggematerialer.

Jeg fik et stort værelse ud mod en baggård. Højloftet med enorme vinduer og et skrivebord fra væg til væg foran vinduet. Jeg smilede lettet. Her kunne jeg føle mig tilpas. Mathias fortalte mig om aftenens arrangement for kunstnergruppen og gav mig et sæt nøgler.

Jeg nåede at hvile mig et øjeblik, så blev der banket på døren, og en mand i arbejdstøj stod udenfor og præsenterede sig som *Punky*. Det gav god mening. Han havde en hanekam af afblegede dreadlocks, som var lange i nakken. Piercingerne sloges om pladsen i ansigtet, og hans ører havde lange slappe øreflipper med store huller efter tallerkenørenringe. Hvis de altså hed sådan, det var bare det første, jeg tænkte, da jeg så dem. Han var ikke særligt høj, men til gengæld talte han meget. Og helst på engelsk, selv om jeg svarede på tysk.

"Har du tid nu, så kan jeg nå at vise dig rundt og fortælle dig om det praktiske, inden jeg skal hjem?"

"Ja," svarede jeg, selv om det var det sidste, jeg havde lyst til.

Punky viste mig rundt i de forskellige bygninger, som udgjorde Nudelfabrikken. Der var halvkoldt i køkkenet og varmt i fællesrummet, men alle andre steder var der iskoldt og mange tomme rum fyldt med ragelse eller byggematerialer. Vinden susede ind ad de ituslåede ruder. Tilbage på gårdspladsen pegede han på en af de andre bygninger og sagde, at det tidligere havde været ungdomsboliger for plejebørn under DDR-tiden. Når plejebørnene var blevet myndige, skulle de bo for sig selv, og det startede de så med her. Det gik først senere op for mig, at det ikke handlede om en *formel* institution, men at han talte om *besættere*, som om det var en helt normal måde at begynde sin voksentilværelse.

"En af mine kammerater boede der, og en gang hvor vi holdt fest i bygningen, tog han mig med op og viste mig sit gamle værelse, hvor der stadig var en tegning, han havde lavet på væggen af sig selv *stoned out of his head*. Den er der nok endnu." Så pegede han ned mod den hvide bygning: "Og det der er *Klinikum*, det er en bygning fra DDR-tiden. Det har været en sammenslutning af lægeklinikker. Alle værelserne derinde, de har været lægeklinikker. Jeg er her aldrig om natten, men du har mit nummer, og du kan bare ringe. Men ikke om natten." Som en lille hvirvelvind af energi forsvandt Punky hen over gårdspladsen efter – også han – at have mindet mig om altid at låse dørene overalt.

Om aftenen havde Mathias inviteret gruppen ud for at se en kunstudstilling og derefter til middag med traditionel tysk mad. Nu havde jeg mulighed for at iagttage mine medbeboere.

Der var tre kvindelige kunstnere. Den ene var meget ung, kun lige færdiguddannet fra Den kongelige Kunsthøjskole i Stockholm. Hun hed Lelia og var lydkunstner. Hun var også smuk og havde en særegen boblende latter. Hun var spinkel og platinblond, som kun en svensker kan være det udover barneårene. Hendes øjne var lyseblå, omkranset af lange øjenvipper. Det var noget æterisk, ja næsten transparent over hendes væsen. Hun lyttede mere, end hun talte, men alligevel fangede hun alles opmærksomhed med sit blide udseende og mærkelige latter. Men der var også noget skrøbeligt og påvirkeligt over hende. Som når man sætter penslen til vådt akvarelpapir, og farven spredes med lynets hast ud gennem papirets årer.

De to andre kvinder hed Inga og Dawn. De var begge billedkunstnere, og der var intet skrøbeligt over dem. Inga var midt i 40erne og Dawn omkring 60. Inga var fra Bayern og talte et tykt tysk, som jeg i begyndelsen havde svært ved at forstå. Dawn var fra US, men havde boet mange år i Tyskland. Begge kvinder var lyshårede på den måde, hvor det grå begyndte at blande sig med de lyse frisørstriber. De snakkede meget, som kvinder gør i den alder for at forsikre sig selv om, at de stadig har en plads i verden, de har lov at udfylde. De havde også en anden ting til fælles – de syntes meget optagede af Milo.

Mathias rejste sig. Han slog på glasset og begyndte en improviseret velkomsttale, som var fin og morsom, men også hurtigt glemt. Som mange høje mænd havde han en naturlig autoritet, der betød, at han ikke var nødt til at gøre sig umage. Han sluttede talen af med at sige, at han var bortrejst hele måneden, så vi måtte passe godt på hinanden og ellers spørge Milo og Punky, hvis der var noget, vi var i tvivl om.

"Milo er også kunstner. Han kommer og går på Nudelfabrik. Han gør et stort arbejde med at hjælpe flygtninge, så derfor har han tit travlt. Er det ikke rigtigt, Milo?" Milo nikkede. "En gang imellem smugler han dem også ind i Nudelfabrikken som midlertidigt opholdssted, og vi lader som om, vi ikke ser det." Mathias lo skvaldrende, og alle lo med og løftede deres glas til en fælles skål.

Milo lænede sig over mod den mand, han sad ved siden af og sagde lavmælt noget til ham på russisk.

Det var Andrey, en ukrainsk kunstner. Han var en kraftig mand med en lidt mørk læderagtig lød, sådan som man fik, hvis man opholdt sig meget ude i vejr og vind. Han sad tungt i stolen og talte kun med Milo, da han ikke forstod andet end ukrainsk og russisk. Milo præsenterede ham for os andre og viste et par billeder på sin telefon, som han havde taget af Andreys kunst. Det var store svejsede metalskulpturer af fantasivæsener. De var smukke og afspejlede på den ene side den styrke, som man kunne fornemme i den store mand – på den anden side var det forbavsende at se den lidenskab, de udtrykte. Det var svært at få øje på den i den tavse mand ved siden af den veltalende Milo.

En anden stille gæst var Carlos, en ung mand fra Peru, som studerede på kunstakademiet i Leipzig. Han var ikke særlig høj, men udmærkede sig ved et perfekt smil og årvågne øjne. Jeg genkendte i ham noget af min egen hang til at observere og granske andre.

Endelig var der Milo. Milo Veles. Jeg havde bemærket hans efternavn, fordi det var navnet på en af de syv store guder i den slaviske mytologi. Mathias havde præsenteret ham som "en kunstner fra Ukraine," men selv fortalte han, at han opfattede sin baggrund som tysk-russisk. Det blev tydeligt, da vi talte om krigshandlingerne i Ukraine, hvor Milo mente, at det, verden kaldte *russiske krigsforbrydelser*, var iscenesat af ukrainerne selv. Det var der, jeg første gang blev særligt opmærksom på ham.

Milo havde alle de attributter, der skulle til for, at man ville betegne ham som en flot mand. Han var høj og mørkhåret. Slank og muskuløs. Han var velklædt og gik med mørke briller, der sammen med de mørke skægstubbe gav ham et modelagtigt, alvorligt look. Han gik i en mørk halvlang uldjakke med høj krave. Når han talte, var det med en venlig arrogance og forventning om at blive hørt. Og han talte det meste af tiden. Han havde ikke tålmodighed til at lukke andre ind i samtalen for længe ad gangen, og jeg fik en fornemmelse af at være publikum til hans forestilling. Det gjorde ikke så meget, for Milo var berejst, belæst, dannet, kosmopolitisk og dermed ganske interessant at lytte til.

Jeg kunne se på ansigterne omkring bordet, at de fleste havde det på samme måde. Især Dawn og Inga, som ihærdigt forsøgte at deltage i samtalen, men også Lelia, som så uforstilt forgabt på Milo.

Selv om jeg nød aftenen, fik jeg en voldsom hovedpine, som gjorde det svært at holde lyset i lokalet ud. Jeg sad med halvt lukkede øjne og så på Milo, og pludselig var der bare et stort sort hul, som sugede alt lyset og al energien i rummet til sig. Jeg blinkede.

"Du er vist ved at være træt?" sagde Milo med uventet omsorg og et klart blik på mig. "Det har også været en lang dag. Skal jeg ikke køre dig hjem?" Af en eller anden grund blev jeg skrækslagen ved tanken. Jeg fremstammede, at jeg ikke ville spolere middagen, men også de andre faldt ind og sagde, at det havde været en dejlig aften, men nu kaldte dynerne.

Jeg faldt i søvn til lyden af vindens hylen i de utætte vinduer og hyldens grene, som kradsede på mine ruder. Om natten drømte jeg, at en stor slange krøb rundt på mit gulv. Den rejste sig op foran mig og hvæsede, så jeg kunne mærke kold luft mod ansigtet. Den kolde luft vækkede mig, og det gik op for mig, at døren til mit værelse stod på vid gab. Også yderdøren overfor mit værelse stod åben, og den slog mod rækværket på trappen som en stortromme. Stormen var taget voldsomt til, og vinden

måtte have blæst den ulåste yderdør op, og trække-
ken har derefter suget min dør åben. Jeg skyndte
mig op og lukkede og låste begge døre. Mit hjerte
bankede så hårdt af en panik, mit halvvågne selv
ikke forstod. Først ud på den tidlige morgen faldt
jeg igen i en let og urolig søvn.

KÆLDEREN

De næste dage så vi ikke meget til hinanden. Dawn, Inga og Carlos havde et stort atelier i Nudelfabrikken, Andrey drev omkring som en skygge, man kun så ryggen af, og Milo havde sit eget atelier på anden sal i Klinikum. Han kom og gik, og når jeg mødte ham, var han altid flink og hjælpsom, selv om min følelse af utryghed overfor ham aldrig helt forlod mig. Selv opholdt jeg mig på mit værelse, eller jeg hoppede på bybusserne og tog rundt for at opleve andet, end det forfaldne og forladte kvarter, jeg boede i.

Zeitz indre by var charmerende med smukke gamle bygninger og en historie, der begyndte med en slavisk bosættelse i 500-tallet og siden udviklede sig til sæde for både bispedømme og hertugdømme. I løbet af 1800-tallet udviklede Zeitz sig til en industriby med en kæmpe banegård og mange produktionsvirksomheder.

Under Anden Verdenskrig lå der i Rehmsdorf og Tröglitz, to landsbyer uden for Zeitz en *KZ-*

Außenlager Wille. Wille hørte under Kz-lejren Buchenwald, og herfra sendte man jævnligt nye fanger, som skulle arbejde for BRABAG (Braunkohle-Benzin-AG) i Zeitz. Her boede de elendigt i kolde barakker, fik stort set ingen mad og måtte arbejde så hårdt, at fangerne hurtigt blev slidt op og sendt tilbage til Buchenwald for at krepere. Herfra sendte man nye fanger til arbejdslejren ved Zeitz. Dem havde man nok af.

Efter krigen faldt Zeitz sammen med det øvrige Østtyskland ind under Sovjetisk indflydelsessfære. Under DDR-tiden fortsatte Zeitz med at være en levende by med mange fabrikker og dertilhørende arbejdspladser og boligområder. Men efter genforeningen af de to Tysklande i 1990 begyndte området straks at forfalde. De store virksomheder flyttede til større byer. Andre virksomheder lukkede, fordi de ikke kunne konkurrere med vestlige produkter. Derpå fulgte arbejdsløshed og udvandring til andre dele af Tyskland eller til udlandet. Resultatet kunne man se nu – en delvist affolket by, nedlagte og forladte industribygninger, butikker og kirker. Forladte huse og boligblokke i hastigt forfald. En smuk og velholdt *Altstadt* med præg af glorværdige tider under hertugdømmet - omkranset af en spøgelsesby.

Der var en særlig stemning i Zeitz. Selv gæster fra andre dele af Tyskland mente, at byens borgere var ugæstfrie, og at hele området bar præg af en tilbagestående, som ikke kun var økonomisk.

Når jeg ikke sad på mit værelse og foregav at skrive på min afhandling eller bevægede mig rundt i byen for at opleve historien fra en busrude, så gik jeg på opdagelse i Nudelfabrik. Her var mange sjove efterladenskaber fra tiden, hvor her blev fremstillet nudler til den østtyske befolkning.

En eftermiddag fandt jeg ned i kælderen under Klinikum. Jeg valgte at se bort fra både et rød-hvidt plastikbånd, som spærrede døren til trappenedgangen og et skilt med ordene "Kein Zutritt." Der var gennemtræk i kælderen, og så snart jeg havde taget et par skridt væk fra trappen og ind i kælderen, smækkede døren i over mig. Jeg tænkte ikke nærmere over det.

Jeg gik fra rum til rum. Luften smagte jordslået. Kælderen mindede om en fangekælder med små aflukker. Men i stedet for fanger var rummene fyldt med gamle kasser med ragelse fra dengang, bygningen havde huset lægeklinikker. Meget af det var

forældet medicinsk udstyr, kontorinventar og ud-
tørrede desinfektionsmidler. Men der var også kas-
ser med gamle journaler, og længst inde i et rum
fandt jeg en kasse med gamle avisudklip og noget,
som lignede optegnelser over forskningsforsøg.
Disse var ældre end lægejournalerne. Jeg bladrede
lidt og forventede at finde tegninger af rotter og
mus, men tegningerne var af mennesker. Mine
hænder begyndte at ryste. Alle dokumenterne var
stemplet *fortroligt* og bar et SS-stempel. Jeg pakkede
mit indkøbsnet ud og lagde forskningsdokumen-
terne ned i det. Så bladrede jeg i kassen med avis-
udklip. *Hvem havde samlet disse udklip og hvorfor?*

Pludselig mærkede jeg en kold vind gennem
rummet. Jeg løftede hovedet, men der var helt
stille. Så bladrede jeg et par sider tilbage til det, der
havde fanget min opmærksomhed og givet mig gå-
sehud. Det var et billede af to mænd i uniform og
en kvinde ved indgangen til en brun bygning. På
porten over dem stod der *Jedem das Seine* – Enhver
får som fortjent. Mit blik hvilede på den person, der
stod nærmest i billedet. Han var høj, mørkhåret,
brugte mørke briller og havde et lille smalt over-
skæg. Han lignede en filmstjerne fra 1940'erne. Jeg
mærkede isen brede sig i min krop, og mine tænder

klaprede. Det lignede også Milo. Det *var* Milo. Men i billedteksten stod der: *Lejrkommandant Pister, lejrlæge Hans Eisele og Ilse Koch, den tidligere lejrkommandant Karl Otto Kochs enke, Buchenwald 1944.*

Jeg skimmede artiklen, som var fra maj 1944. Den handlede om nye banebrydende medicinske forsøg under lejrkommandant Pister og cheflæge Eisele. De indsatte deltog i forsøg med giftindsprøjtninger og vacciner mod tuberkulose og andre sygdomme. Mange fanger døde af forsøgene eller blev inficeret med plettyfus, hvilket udløste epidemier. Men lejrlægerne var fortrøstningsfulde – de medicinske forsøg skulle nok give resultater. Derudover afprøvede man virkningen af brandbomber på fangerne.

Jeg kunne ikke holde kulden i kælderen ud og ville tilbage til mit varme værelse. Jeg smed hurtigt alle avisklippene ned til de øvrige dokumenter i mit indkøbsnet. Så tog jeg det og bevægede mig mod udgangen. Jeg stoppede op ved kasserne med de nyere lægejournaler fra Klinikums tid og stoppede også en håndfuld af dem ned i nettet.

Med et havde jeg en klar fornemmelse af, at jeg ikke var alene i kælderen. Jeg rejste mig med et sæt fra kasserne og så en grå mand i den anden ende af kælderen. Han stod bare og så på mig. Så vendte han sig og forsvandt, og det samme gjorde lyset. Jeg havde nogenlunde mærket mig, hvor lyskontakterne sad og gik med bankende hjerte og forsigtige skridt hen mod den nærmeste. Mine hænder krabbede rundt for at finde den. Væggen var kold og føltes fugtig. Jeg mærkede noget mod mit ben og skreg op, men da jeg sparkede ud, var der ikke noget. Endelig fandt jeg kontakten og trykkede. Men den virkede ikke.

"Hallo," kaldte jeg. "Du er kommet til at slukke for lyset! Er her nogen? Vil du tænde det igen?" Jeg kæmpede med min stemme, men var stadig næsten overbevist om, at der var en mand i kælderen hos mig, og at det nok var en af bygningsarbejderne. Jeg prøvede på flere sprog, men der kom stadig ingen svar.

Med nettet i den ene hånd og den anden arm strakt ud foran mig gik jeg i retning af, hvor jeg mente, den næste lyskontakt sad. Mørket var tæt. Jeg var ved at miste orienteringen, men jeg var ret sikker på, at jeg var på vej mod udgangen. *Det er samme retning, som du så manden*, sagde jeg til mig selv opfulgt af en formaning om at tage mig sammen, ikke gå i panik. Jeg nåede den næste væg og søgte med hænderne. Heller ikke denne kontakt virkede. *Hvor længe havde jeg været i kælderen? Var klokken så mange, at arbejderne var gået hjem og havde slukket på en eller anden hovedafbryder?*

Nu mærkede jeg igen noget ved mine fødder, og da jeg tog et skridt tilbage, trådte jeg på noget. Noget levende. Jeg kunne fornemme dets bevægelser i mørket under mig, og nu kunne jeg høre det hvæse. Jeg stormede frem, bumlede ind i kasser og vægge og nåede et stykke ind i det næste rum inden jeg faldt over noget og landede fladt på maven. Det tog mig lidt tid at få luft igen, men så mærkede jeg noget, som krøb hen over mit ben og straks derefter et bid i anklen. Jeg skreg højt, og jeg er sikker på, at jeg hørte nogen le. Nu kunne jeg ikke længere kontrollere panikken, og jeg skreg og råbte i vilden sky, mens jeg bumlede rundt og ledte efter trappen og udgangen, men enten var jeg i det forkerte rum, eller også var trappen forsvundet. Til sidst begyndte mørket at snurre rundt om mig, og jeg blev mere og mere svimmel, indtil jeg til sidst dejsede omkuld. Det sidste, jeg nåede at tænke, var, at jeg aldrig ville komme op af denne kælder igen.

Da jeg vågnede, var der lys overalt i kælderen. Jeg lå lige foran trappen. Jeg satte mig fortumlet op og tog mig til hovedet. Det føltes som om, jeg havde de værste tømmermænd. Jeg var nødt til at lægge mig igen et kort øjeblik, før jeg kunne komme op. Da så jeg under trappen en stak af de lægejournaler, jeg havde stukket i nettet dagen før. Jeg følte lidt rundt med hænderne for at finde nettet. Det var der ikke. Jeg rakte ind under trappen og tog de dokumenter, som lå der. Måske var de røget ud af nettet, da jeg faldt. Jeg rejste mig, stak dokumenterne ind på maven under blusen og så mig lidt om efter nettet, også i de øvrige rum. Der var ikke noget net. Der var heller ikke nogen kasser med journaler eller andre papirer. De var væk. Men så kunne jeg ikke holde til at være et sekund længere i kælderen, og jeg løb mod udgangen og op ad trappen. Døren var låst, og jeg blev igen overmandet af panik og slog på døren med knyttede hænder, mens jeg skreg og råbte om hjælp. Ret hurtigt blev døren åbnet. Det var Punky, og han så forskrækket ud.

"Hvor længe har du stået her? Døren var jo ikke låst! Er du ok?" Jeg havde ikke overskud til at svare og skyndte mig bare hen ad gangen og ind på mit værelse, hvor jeg smed mig på sengen og græd hysterisk ned i puden.

Jeg blev på mit værelse næste dag efter mit eventyr i kælderen. Faktisk blev jeg i sengen. Jeg følte mig dårligt tilpas, småsyg, men derudover også både bange, flov og vred på mig selv. Jeg var sikker på, at nu vidste alle de andre, at jeg havde stået bag en ulåst kælderdør og skreget for at komme ud. Jeg var i tvivl om, hvor meget af det andet, jeg havde oplevet, der havde været virkeligt. *Havde jeg overhovedet set nogle dokumenter? En grå mand? Havde jeg fået en eller anden nedsmeltning psykisk?* Lægen havde advaret om, at det kunne ske. Det eneste, jeg havde at holde mig til, var de dokumenter, jeg havde haft på maven under mit tøj, og to små sår på min ankel. *Hvad havde bidt mig? Det kunne godt have været et insekt. Eller en stor edderkop? En rotte? Rotter kunne vist godt hvæse?*

Efter min dag i sengen formanede jeg mig selv om, at jeg skulle stå op. *Get up! Dress up! Show up!* Sådan havde jeg så tit sagt til mig selv, når alting i min krop sagde til mig, at jeg ikke havde lyst til at tage på arbejde. Jeg gik på studiebesøg hos Carlos, Inga og Dawn, som virkede glade for at se mig, viste omsorg for min utilpashed dagen før og sikkert som ind i helvede vidste alt om mit lille optrin dagen før foran den ulåste kælderdør. Men de nævnte det ikke.

Jeg var både glad og lidt irriteret. Her sad de og malede deres lyse malerier fulde af forårssol og abstrakte motiver inspireret af socialistisk arbejderkunst. Uvidende eller ligeglade med at lige uden for byporten havde der ligget tvangsarbejdslejre, hvor folk døde som fluer, mens de arbejdede for byens produktionsvirksomheder. Lige så ligeglade, som folk måtte have været dengang. Uvidende om at lige her i vores sovesale havde der måske arbejdet læger, som tidligere havde udførte grufulde medicinske forsøg på fanger i Buchenwald med giftsprøjter og brandbomber. Læger som videreførte deres arbejde, som om intet var hændt. Hvordan skulle man ellers forstå dokumenterne i kælderen? *Hvilke dokumenter*, svarede jeg straks mig selv. *Hvis der overhovedet har været nogen dokumenter, og det ikke bare er noget, jeg har drømt eller opfundet i min paranoide skrøbelige mentale tilstand?* Jeg hadede at tvivle på min hjerne, den havde altid været min styrke. Altid pålidelig. Modsat følelserne, som man aldrig kunne regne med.

"Er der nogen af jer, som har været i kælderen under Klinikum?" spurgte jeg de andre med en stemme, som skulle foregive tilfældig interesse.

"Nej," sagde Carlos. "Jeg vidste slet ikke, der var en kælder."

"Ja," sagde Dawn, "der var bare en masse muggent ragelse dernede. Jeg skyndte mig op igen. Den kælder er lidt creepy." Hun sendte mig et medfølende blik, som gjorde lidt ondt.

"Så du nogen dokumenter dernede?" fortsatte jeg. Inga kikkede nysgerrigt op, og Dawn svarede:

"Dokumenter? Hvilke dokumenter?"

"Ja, altså sådan, gamle lægejournaler, forskningsdokumenter, den slags?"

"Forskningsdokumenter? Nej, det så jeg ikke noget af. Det er vel også lidt uetisk at læse i gamle lægejournaler. Men jeg så altså ikke nogen." Hun smilede stort, rystede lidt på skuldrene og vendte opmærksomheden mod sit maleri.

Jeg sad lidt og drak min kaffe færdig, mens jeg så på de tre, som igen havde fordybet sig i deres kunst. Jeg kom til at tænke på de tre vise aber 'se intet ondt, hør intet ondt, tal ikke ondt' fra

Toshogu-helligdommen. Et moralsk fint budskab, men hvis ingen ser det onde, vil høre om det endsige tale om det, vokser det så ikke i al bevidst ubemærkethed? Er det ikke netop derfor, man kan anlægge en kæmpe Kz-lejr og invitere områdets lokale befolkning indenfor og se på søde dyr i vagternes egen zoologiske have i midten af lejren, mens døde fanger ligger i store vognlæs og venter på at blive brændt i krematorieovnene lige ved siden af?

Jeg rejste mig og gik mod udgangen med et "tschüß," som, jeg håbede, lød muntert.

"Tschüß," råbte de andre med glade stemmer.

Ved frokosten fortalte Lelia, at hun i weekenden skulle opføre sin nye lydperformance, en skultur-situation med titlen *Mnemosyne*. Vi var alle inviterede, *selvfølgelig*, smilede hun med sin boblelatter.

Milo tog over og sagde, at han havde inviteret en masse gæster fra kunstnermiljøet i Zeitz og Leipzig. Han smilede stort, og jeg blev urolig i kroppen. Jeg så fra Milo til Lelia og tilbage igen. Forbindelsen var klokkeklar. *Var det kun mig, som kunne se det? Og hvad skyldtes min uro?* Min uro bredte sig som lava i årerne på mig, og jeg måtte tørre sved af panden.

Pludselig drejede Milo hovedet og så på mig med et smil, som kun trak til den ene side. Jeg ved ikke, hvad det var i det blik, men det skræmte mig fra vid og sans, så mine hænder begyndte at ryste, og jeg tabte min gaffel. Folk så på mig med det der omsorgsfulde blik igen. *Var jeg nu blevet den skøre gæst? Staklen?* Jeg tvang mit blik tilbage på Milo og så ham fast ind i øjnene. Men hans blik var helt tomt. Helt dødt. Jeg så igen på de andre. Ingen havde set det samme som jeg. Ingen så forbindelsen mellem Lelia og Milo, ingen så, at der var noget mærkeligt ved Milo. Skammen jog op i mig igen. Hvis dette var mit endelige breakdown, det som ville bringe mig helt i knæ og ind på en lukket afdeling, så hellere her end hjemme. Det var min eneste trøst. Nogle gange kunne jeg ligefrem længes efter en hvid stue, en ren hvid seng, en hvid stilhed og en klokkestreng at hive i, hvis jeg var sulten. *Du aner ikke engang, hvordan psykiatrien ser ud, din idiot, der ligger sikkert otte mand på en enmandsstue, og der kommer ikke nogen, når man hiver i klokkestrengen.* Stemmen i mit hoved var begyndt at tale rigtig strengt til mig, syntes jeg. Den lød heller ikke længere som min stemme, mere som Milos.

"Ved du godt, at dit efternavn, Veles, også er den ene af de syv største slaviske guder?" hørte jeg pludselig mig selv spørge Milo med en stemme, jeg genkendte som min egen, selv om den var mere udfordrende end normalt.

"Ja da," sagde Milo med et affejende smil.

"Ej, fortæl!" sagde Lelia med et yndigt ansigtsudtryk, og det var mig, hun så på.

"Ja, fortæl," stemte Dawn og Carlos i.

"Veles er den sorte gud," begyndte jeg med et hurtigt blik på Milo, som bare sad og smilede overbærende ud i luften. "Han er den formskiftende gud i mytologien hos næsten alle slaviske stammer. Veles tager ofte form af en slange og glider op ad det hellige træ mod Peruns domæne. Her kommer det hvert år til en kamp på liv og død mellem tordenguden, Perun og slangen, Veles. Han betragtes som en rigtig trickster-gud, ligesom Loke i den nordiske mytologi. Den sorte gud er forbundet med magi, og man afbildede ham ofte som en slange eller en drage."

"Måske er det ham, der er på byvåbnet i Zeitz så," grinede Inga, og hele bordet lo med, også jeg, for den tanke havde jeg faktisk selv tænkt:

"Byvåbnet viser Sankt Michael, der dræber dragen, men der kunne sagtens ligge en gammel slavisk fortælling om 'Tordenkampen' mellem Perun og Veles bag, eftersom byen er grundlagt som en slavisk bosættelse og beholdt det slaviske navn, *Cici* længe efter, at germanske stammer havde overtaget byen." Lelia så på mig med, hvad jeg opfattede som, beundring, og jeg skyndte mig at fortsætte: "Cici var navnet på en slavisk frugtbarhedsgudinde, og navnet er faktisk stadig det samme. *Zeitz* er den germanske betegnelse for Cici." Hele bordet kikkede på mig, og jeg havde helt glemt min uro og den skræk, jeg for et øjeblik siden følte for Milo. "Men først og fremmest er Veles *udødelig*. Hans død for Peruns lanse er aldrig permanent." Jeg bemærkede med tilfredshed, at der var store øjne omkring bordet.

"Veles er også den gud, som beskytter eventyrfortællere og digtekunst. Det skulle du måske tage og huske," sagde Milo pludselig med et olmt blik på mig. Så rejste han sig brat og forlod os. Lelia løb bagefter uden at andre, end jeg syntes, det var mærkeligt.

Dawn trak på skuldrene, lagde sin hånd over min og klappede den let:

"Han bliver hurtigt god igen, det skal du ikke tænke på, Milo er Milo. Han er så vældig dramatisk, det er det russiske i ham, tror jeg."

Den nat hørte jeg en svag banken på glasdøren i hallen, da jeg var ovre i køkkenet for at hente et par drikkevarer i køleskabet. Der var ikke andre end mig i hele fabriksbygningen, så jeg blev straks urolig. Alligevel gik jeg ud i hallen og så mig om. Ude foran glasdøren stod en høj kvinde med langt mørkt hår. Hun var klædt i en lang hvid uldfrakke og under den hvide skindbukser og hvide støvler. Jeg gik tættere på. Hun lignede ikke nogen, jeg nogensinde havde set før. Hun var smuk. Hun var, i mangel af bedre ord, *levende*. Selv gennem døren var hendes øjne strålende grønne og hendes ansigtstræk som mejslet i hvidt marmor. Hun smilede ikke. Hun så bare nysgerrigt på mig. Så tog hun en hånd ud af sin jakkelomme og pegede på dørhåndtaget uden at tage blikket fra mine øjne. Jeg låste døren op og åbnede den for hende. Hun stillede sig foran mig og i et langt svimlende øjeblik kyssede hun mig blødt på munden og vækkede mig.

***

Lelia stod midt på gulvet i en kreds af svagt lys, som udgjorde et podium. Hun holdt sine arme tæt ind foran brystet, nakken var bøjet og hendes ansigt skjult af det kridhvide, bølgende hår. Så begyndte hun at lave lyde. Det lød som bobler i bækken på en sommerdag, blødt og fint. Samtidig foldede hun sine arme ud og afslørede to store hvide sommerfuglevinger. Der var anelser af sort i kanten af vingerne og to sorte prikker øverst. De sad fast på hendes arme, og det løse silkeagtige stof, de var lavet af, skinnede i lyset og spiledes ud, når hun bevægede armene. På kroppen var hun sortklædt. Hun varierede lydene med sin stemme, så den nærmest fik form. Den var lys, mild, ren og kimende som små klokker. Der var en sødme over både lyden og sommerfugleskulpturen, som fik mig til at føle mig let tilpas.

Jeg kikkede rundt på de andre og så smil og opmærksomhed. Særligt fra Milo. Hans øjne veg ikke fra Lelia, og hans mund stod let åben. Følelsen af lethed forsvandt samtidig med, at mine nakkehår rejste sig.

Netop da ændrede lydene og de elegante bevægelser sig i Lelias optræden. Hun flakkede voldsomt med vingerne, så det fløj omkring hende med lyse skæl fra vingerne. Hendes stemme var mørk og mægtig. Så steg den igen, men denne gang skærende og hylende, så det var ulideligt. Hun foldede vingerne helt ud og drejede rundt om sig selv, mens lyden steg til fuld styrke, eksplosivt støjede og brølede hun. Så blev lyden monoton med en stærk og dyb klang. Sommerfuglevingerne var nu næsten uden skæl, helt transparente og jeg fik en følelse af at kunne se lige igennem hende. Hun bøjede sig frem og knurrede, mens hun så lige på os.

Jeg kikkede på Milo. Han sad helt fremme på stolen og stirrede stift på hende med et udtryk i ansigtet, jeg kun kan beskrive som *sultent*. Tanken slog ned i mig, at Lelia nu var i fare. Jeg så rundt på de andre, men her så jeg ikke andet end fascination af den unge kunstner.

Lelia faldt ned på knæ med de tunge vinger ud til siderne, hendes lyd var brudt og rusten. Så blev den langsomt monoton og klagende, indtil den døde ud sammen med sommerfuglen.

Først var der stille i salen, så rejste Milo sig op og klappede, og alle vi andre fulgte med og klappede det bedste, vi havde lært sammen med de inviterede gæster. Flere havde tårer på kinderne og smilede berørte. Der var følelser i luften. Men der var også noget andet, noget som bølgede omkring os som en tåge. *Var det kun mig, som så det? Var det kun mig, som kunne mærke det?*

Jeg havde gemt lægejournalerne fra kælderen under madrassen i min seng. En formiddag fandt jeg dem frem og satte mig ved mit skrivebord. Der var fem omslag, men de viste sig at indeholde ni forskellige journaler. Ni tidligere patienter, som spændte over tidsrummet 1956-1989. De var alle hemmeligstemplede, og journalerne tydede på omfattende sygehistorier. Det så ud til, at patienterne var blevet injiceret flere gange med Cæsium og diverse andre stoffer, og at bivirkninger var blevet meget nøje observeret og noteret i journalerne. Flere af forsøgspersonerne var blevet fulgt over flere år.

Jeg ærgrede mig over, at jeg ikke havde den medicinske kompetence til fuldt ud af forstå, hvad det var, jeg havde foran mig. *Ville en læge fortælle mig, at det var helt almindelige journaler, at der ikke var noget underligt ved dem? Men hvorfor havde nogen så fjernet alle dokumenterne i kælderen? Og taget mit net?*

Jeg gav mig til at søge på nettet og læse om nazisternes medicinske forsøg på mennesker under krigen og på militærmedicinske forsøg under den kolde krig.

Det er et stort paradoks, at de tyske læger og forskere, som under krigen havde foretaget medicinske og krigsmilitære forsøg på mennesker i fangelejrene, efter krigen var efterspurgte over hele verden, fordi mange af deres forsøg, omend uetiske var forskningsmæssigt i orden. Da man kunne eksperimentere på Kz-fanger uden hensyn til, om de overlevede eller ej, kunne man skære år af den tid, det tog at udvikle ny medicin og nye behandlinger. Forsøg på mennesker gav desuden resultater, der var mere realistiske end dyreforsøg. Derfor var nazisternes militærmedicinske og epidemiologiske forskning eftertragtet efter krigen, og mange læger og forskere blev ansat i de allierede landes medicinindustri og kunne der fortsætte deres karriere.

Jeg kom i tanke om Punkys beretning om, at hans kammerat havde boet i den tomme Nudelfabrik som ung besætter i 1980'erne. Måske kunne han fortælle lidt mere om de lægeklinikker, der havde været her samtidig. Jeg besluttede mig for, at jeg ville bede Punky sætte mig i kontakt med denne kammerat. Det kunne der ikke ske noget ved.

Punkys ven hed Andreas, og vi mødtes i gårdhaven på Nudelfabrikken. Han gav mig et slapt håndtryk, og vi satte os i de nye træstole, som netop var blevet sat ud. April var blevet varmere, og solen skinnede venligt ned på os og de to katte, som legende jagtede hinanden og småfuglene rundt i gården. Jeg havde tilbudt at mødes med Andreas et andet sted, men han havde gerne villet se Nudelfabrik igen og de mange istandsættelser, som kunstnerresidensen havde iværksat i de gamle bygninger. Punky havde vist ham rundt, og han var glad for at se, at der endelig skete noget i hans gamle kvarter, som han kaldte det med et smil fra øre til øre.

Andreas var 53 år, lav af vækst, mager for ikke at sige ranglet og skaldet. Også hans øjenbryn og vipper var sparsomme og det samlede indtryk var dejagtigt. Han sad med front mod den bygning, hvor han engang havde boet. Pludselig forstummede hans muntre småsnak, og han så op mod vinduerne.

"Ja, der har jeg boet i nogle specielle år af min ungdom. Det var det, du gerne ville høre om, ikke? Punky sagde, at du var forfatter?"

"Ja," løj jeg.

"Vi var bare en masse unge mennesker med nogenlunde samme baggrund – helt på røven og uden familie. Vi var plejebørn og andre rødder, som var blevet unge voksne, og os var der ingen, der gad bekymre sig om. Der var ikke nogen jobs i 1980'erne, ingen ledige boliger, ingen fremtid, intet håb, og derfor levede vi bare som om dagen i dag ville være den sidste. Vi drak, røg og tog stoffer, selv om 'Rådet' forsøgte at holde stofferne ude af vores hus."

"Rådet?" Jeg løftede øjenbrynene mod ham.

"Ja, det var sådan en slags ledere, som ingen havde peget på, men som havde udnævnt sig selv til at være dem, der bestemte. De satte en masse gode ting i værk, skaffede og fordelte mad, satte nogle ting i system, så der var til at holde ud at være og sådan, ikke? Men det var ikke fordi, vi lyttede til dem. Kun når det passede os. Vi var så vant til at blive råbt og skreget af, bestemt over og tyranniseret af plejeforældre, institutioner og systemer, så der var ikke noget, som rørte os." Han sukkede med hovedet på skrå, som om han fik ondt af sit yngre jeg.

"Hvor fik I stofferne fra?" spurgte jeg, fordi jeg havde svært ved at forestille mig gadekriminaliteten i det DDR, jeg havde hørt om som barn og ung.

"Tja," sukkede Andreas, "nogle af dem kom fra den kriminelle underverden. Andre kom derovre fra." Andreas nikkede mod Klinikum.

"Fra lægeklinikkerne? Hvordan det?" måbede jeg.

"Du kunne få alle mulige piller og dope, hvis du ville hjælpe lægerne. Og det var gode sager; det sagde alle pothovederne og junkierne." Andreas så på mig med et løftet halvnøgent øjenbryn og et skævt smil, der afslørede visne tænder.

"Hjælpe lægerne? Hvad mener du med det?" Jeg lænede mig frem i stolen, og det var en fejl. Andreas lænede sig straks tilbage.

"Ja, altså ja, egentlig var det ikke noget særligt. Og vi skrev under på en tavshedskontrakt. Så jeg ved ikke helt, om jeg bør tale om det, vel? Han så sig forsigtigt om, som om en Stasiagent kunne komme farende rundt om hjørnet. *Havde han tænkt sig, at jeg skulle betale ham for information som i en dårlig amerikansk film?* Jeg lod med vilje være med at sige noget. "Ja, altså, det er selvfølgelig længe siden, og klinikken er jo nedlagt nu. Lægerne er sikkert også døde, så hvad fanden..." Jeg smilede mit bedste smil til ham. "Hvis du deltog i nogle forsøg derovre," han nikkede igen mod Klinikum, "så kunne du enten få nogle piller og stoffer, eller du kunne få penge. Stofferne var mest populære, men selv tog jeg kun imod penge. Jeg tog næsten ikke stoffer faktisk." Han så stolt på mig, og jeg lavede en anerkendende grimasse.

"Men hvad var det for forsøg?" prøvede jeg forsigtigt og håbede, at han ikke lukkede i igen.

"Jeg ved det faktisk ikke. De sagde, at det var noget, som kunne redde en masse menneskeliv. Når man bare var et skide plejebarn, helt ude på kanten af samfundet, så føltes det godt, at man kunne bruges til noget, forstår du?" Jeg nikkede. "Og pengene var virkelig gode. Jeg kunne leve i flere måneder for pengene for et enkelt forsøg."

"Hvad skete der under forsøget?" prøvede jeg at præcisere.

"Man fik bare en indsprøjtning. Eller man fik noget smurt på huden. Så skulle man komme nogle dage efter, og så undersøgte de en. Tog nogle blodprøver og hvad ved jeg." Andreas viste mig et ar på indersiden af sin overarm, som lignede arret efter et brandsår. "Det her, det sved ad helvede til, det kan jeg godt sige dig, og jeg var dårlig i flere uger. Ja, faktisk havde jeg kvalme og var svimmel i flere måneder efter. Jeg har sgu aldrig rigtig haft nogen appetit siden. Jeg mistede også håret. Det kom aldrig igen. Så gad jeg ikke mere. Man kan også skaffe penge på andre måder. Men der var mange, som blev ved med forsøgene, især dem som tog stoffer. Det var den nemmeste måde at skaffe dem på. Det var et hårdt liv for mange dengang. Vi var helt alene. Officielt eksisterede vi ikke. Der var ingen stofmisbrugere, kriminelle eller hjemløse i det fantastiske DDR." Hans ansigt fortrak sig.

"Har du kontakt med nogen af de andre fra den tid?"

"Nej…" Andreas tænkte sig om så længe, at jeg begyndte at tro, at han havde glemt spørgsmålet. "Nej," gentog han så. "Mange forsvandt allerede dengang. Den ene dag var folk der, den næste var de væk. Så kom der bare nogle andre. Nogle blev helt skøre og gik amok, så Rådet ringede efter politiet, som kom og hentede dem. Nogle har jeg set sådan rundt i byen siden hen, men mange var syge, og mange er døde. Jeg har tænkt, at det var det hårde liv, stofferne og det." Han sad sammensunket i stolen et stykke tid, så spurgte han: "Tror du, det var forsøgene derovre?" Han så over på Klinikum og spilede pludselig øjnene op. Jeg så i samme retning.

Oppe på trappen til Klinikum sad Milo og nød solen med en af sine hjemmerullede cigaretter i den ene hånd. Den anden skyggede for solen, mens han så ned mod os. Pludselig jog det af smerte i anklen med bidsåret. Jeg mærkede efter med hånden, og området var varmt og hævet. Jeg kunne mærke blodet dunke i det.

Andreas var blevet helt bleg og havde rejst sig. Han så frem og tilbage mellem Milo og mig. Så gik han tættere på, som om nogen kunne høre os, og hviskede:

"Pas på dig selv. Man har altid sagt, at dette sted var forbandet. Noget med en slavisk bosættelse her, som blev slagtet af nogle saksiske stammer. Et kæmpe blodbad. Det er et ondt sted." Han gøs, og hele hans krop skælvede. "Jeg siger det bare."

STORMEN

En formiddag tog jeg med bus til Buchenwald. Det var en af de største Kz-lejre i Det Tredje Rige, og ufatteligt mange mennesker døde her. Frataget deres frihed. Frataget alle rettigheder. Frataget deres værdighed. Frataget deres menneskelighed. Jeg gik langs *der Gedenkweg* fra *Blutstraße* til *Bahnhof Buchenwald*, hvor togvogn efter togvogn engang ankom med fanger. Jeg gik gennem lejrporten til appelpladsen, hvor fangerne hver dag i timevis skulle stå og vente på at blive råbt op og talt. Jeg prøvede at forestille mig lejren, som den så ud, da alle disse udslukte menneskesjæle tog deres sidste skridt på jorden her, før de endte i krematorieovnene. Ovnene gjorde et uudsletteligt indtryk på mig i al deres industrielle storslåethed og effektivitet. *Hvis dette ikke var ondskab, hvad var så?*

Jeg besøgte lejrens museumsudstillinger. Foto efter foto af lejrens liv i al sin hverdagsgru og rædsel. Sort-hvide billeder af fanger og fangevogtere i alskens situationer, der havde det til fælles, at de skildrede magt og afmagt, liv og død, glæde og smerte, orden og kaos. Og der midt i det hele så jeg et foto, jeg genkendte. Det var billedet af lejrlægen, Milos dobbeltgænger sammen med lejrkommandanten og *hunulven Ilse*.

Da jeg var tilbage i Nudelfabrikken om aftenen, prøvede jeg at dele mine oplevelser med Lelia, Carlos, Inga og Dawn. Så snart jeg fortalte, at jeg havde været i Buchenwald, så jeg det der udtryk i Ingas ansigt, som tyskere altid får, når man nævner fortiden og lejrene. En blanding af skam og irritation.

Dawn var mest bare irriteret over, at nogen kunne finde på ligefrem at opsøge så megen ulykke og fortrædelighed:

"Why not look for the brighter sides of life?" sagde hun med US-amerikansk entusiasme. "Der er så mange skønne steder i Leipzig, som du kan besøge," og så remsede hun en masse kunsthaller og kunstmuseer op, samt et par steder i byen, hvor det var værd at drikke et stort glas hvidvin og studere menneskemængden. Hun fnisede sammen med Inga. Jeg prøvede at forestille mig Dawn studere menneskemængden. *Hvad mon hun nogensinde så?* Jeg blev irriteret:

"Jeg har noget, I skal se her." Jeg tog min telefon op af lommen og fandt billedet fra lejren frem. "Hvem synes I, det ligner?"

"Det er jo Milo," sagde Lelia med sang i stemmen, "men hvad er det for et underligt overskæg? Det er nu godt, han ikke har det mere," og så lød hendes lille boblende latter, mens hun rakte min telefon videre til Carlos.

"Ja, det var da et sjovt tilfælde, men det kan jo ikke være ham, Lelia, billedet er fra 1944, det står i hjørnet."

"Nåe, ja," lo Lelia, "men det ligner godt nok." Dawn og Inga så på billedet og erklærede sig enige:

"Det må du vise ham i aften, det, vil han synes, er sjovt," sagde Dawn.

"Sjovt at ligne cheflægen i Buchenwald – som udførte vilde forsøg på levende mennesker?" sagde jeg med en stemme, jeg ikke havde helt styr på. Dawn gav mig telefonen tilbage med en ærgerlig mine. Inga så på mig med rynkede bryn.

"Faktisk fandt jeg nogle papirer nede i kælderen under Klinikum. Papirer som tydede på, at forsøgene fra lejren fortsatte her. I Klinikum," fremturede jeg.

"Og hvor er de papirer så nu?" Skød Inga skarpt tilbage.

"De forsvandt. Nede i kælderen. Efter jeg…"

"Efter du tilbragte en nat i kælderen, fordi du ikke kunne finde udgangen og gik i panik, så Punky måtte komme og redde dig ud, fordi du var helt hysterisk?" Inga så på mig med lige dele vrede og træthed. Jeg registrerede godt, at jeg var ved at have nået grænsen for gruppens tålmodighed, men alligevel kunne jeg ikke stoppe mig selv:

"Og Punkys ven, Andreas siger, at nogle af besætterne i den her bygning blev udsat for forsøg. Hemmelige forsøg. Ovre i Klinikum, og de blev betalt med penge eller stoffer. Nogle blev syge, og der var også nogle, som forsvandt. Andreas mistede håret." Jeg kunne høre, at jeg lød usammenhængende og forsøgte at sætte trumf på: "Jeg er sikker på, at Milo har noget med det hele at gøre. Der er noget alvorligt galt med ham. Kan I ikke mærke, at der er noget ondt på færde her?" Min stemme var krøbet op i et skingert lyst leje.

"Nu er det simpelthen nok," bjæffede Inga, og Dawn nikkede kraftigt. "Det her er jo helt skørt, og nu begynder du at anklage andre også. Og for hvad? Milo kan jo ikke gøre for, at han ligner den mand på billedet! Nu tror jeg, vi skal sige tak for i aften. Jeg vil i hvert fald i seng nu, og jeg synes også, du skal få dig en god nats søvn. Du ser jo spøgelser overalt, og du spreder uro!" Så dampede hun af med Dawn lige i hælene. Jeg kunne høre dem knebre som opstemte storke ned ad gangen.

Lelia og Carlos rejste sig også og samlede kaffekopper og vinglas sammen for at sætte dem i opvaskeren. De sagde ikke noget. Kaffekopperne rystede lidt i Lelias hænder. Inden hun forlod fællesrummet, vendte hun sig og så på mig med et blik, som chokerede mig. Hendes lyseblå øjne var kæmpestore, og det, jeg så i dem, var afgrundsdyb frygt.

Inga kunne nok have ret i, at jeg havde brug for en god nats søvn, men jeg sov ikke den nat. Jeg lå i min seng og lyttede til stormen, som trak op udenfor. Regnen tærskede mod ruden, og vinden rev i de gamle vinduer og yderdøren, som klaprede. Jeg var flere gange oppe at tjekke, om min dør var låst. Jeg have en fornemmelse af, at jeg havde overskredet en grænse. At jeg var i fare for at blive opslugt af mørket. Men jeg kunne ikke afgøre, om mørket ville komme indefra eller udefra.

Jeg tænkte på de mange flygtninge, som Milo fik ros for at hjælpe. Man så dem aldrig rigtig. Kun en skygge af en ryg hist og her, døre som åbnedes eller lukkedes til værelser, idet man kom gående på gangene. Skygger af personer i Milos bil, som ankom eller kørte sent om aftenen.

Ligesom de unge besættere i 1980'erne var det mennesker, som ingen straks savnede, hvis der skete dem noget. Hvis de forsvandt, kunne der være sket dem så meget, som havde en naturlig forklaring – forsvundet på den illegale rejse, forsvundet for at undgå myndighederne, forsvundet for at opnå en ny identitet et andet sted. Myndighederne efterforskede ikke forsvundne mennesker, som de ikke kendte til. Hvis Milo skaffede mennesker, som ingen savnede, hvem var så aftagerne? Man kunne vel ikke forestille sig, at der i den moderne tyske stat fandt militærmedicinsk forskning sted, hvor man brugte mennesker som forsøgsdyr? Hele operationen med køb og opbevaring af levende mennesker til forsøg var alligevel for utænkelig i et europæisk land. *Var den ikke?*

Mens jeg vendte og drejede mig i sengen, og stormen flåede tagsten af nudelfabrikken, mærkede jeg pludselig klart, at forklaringen ikke skulle søges i menneskelige motiver. Jeg forstod, at noget ondt residerede i dette område og altid havde gjort det. Hvordan kunne man ellers forklare Buchenwald og de to Außenlager lige uden for Zeitz? Forsøgene på mennesker som uhindret havde kunnet fortsætte helt op til genforeningen? Noget ondt boede her og havde holdt denne egn i et jerngreb i århundreder måske. Derfor var tiden gået i stå her, derfor var folk flyttet langt væk og ikke kommet tilbage. Derfor var folk mismodige og vrede overfor fremmede. Dette område blev straffet for alle de forfærdelig ting, folk havde ladet passere her, mens de havde set den anden vej og var ilet videre. Det onde behøvede bare, at folk så den anden vej for at eksistere.

Jeg sansede ondskaben meget tydeligt. Jeg tænkte på det skrækslagne blik i Lelias øjne og vidste, at hun også havde oplevet den, og at hun var i stor fare nu.

Pludselig splintredes en rude med et rasende brag og glasskår skreg gennem luften over hele værelset. Den anden vinduesramme blæste op og klaprede højlydt, og da jeg løb hen for at lukke vinduet, skar jeg mig på glasskårene på gulvet. Regnen væltede ind, og gardinerne hjalp ikke meget, for nu stod de lige ud i rummet, som om de rakte ud for at gribe mig og trække mig ud ad vinduet. Jeg gik på tåspidserne tilbage til sengen, pillede de værste skår ud af mine blødende fødder og hørte i det samme noget stort lande i vinduesrammen med den knuste rude. Alle hår på min krop rejste sig, og mit hjerte hamrende så hårdt, at jeg troede, jeg skulle dø. Jeg turde ikke kikke op, men kravlede ned under min dyne og skreg. Jeg kunne mærke noget på min seng, ovenpå mine ben og jeg sparkede under dynen, mens jeg hylede min rædsel ud. Pludselig lød noget højt som et fugleskrig efterfulgt af mørk, vred hvæsen. Så mærkede jeg noget springe fra min seng og hørte det lande i vinduet.

Med et var der stille. Helt stille. Ingen storm, ingen regn, intet væsen oven på min dyne. Så hørte jeg nogen lukke min dør. Jeg løftede dynen et par centimeter og kikkede ud. Der var ingen på mit værelse. Så sprang jeg ud af sengen og åbnede døren på klem. Heller ingen der. Jeg trådte ud på gangen og hen til yderdøren, hvor jeg gennem glaspanelet kunne se en mørkhåret kvinde i hvidt tøj gå tværs over gårdspladsen. Jeg listede tilbage på mit værelse. Der var stadig glasskår på gulvet og blodige spor efter mine fødder. Der var en knust rude i det ene vinduesfag, men gardinet hang nu slapt ned og dækkede for hullet. Jeg overvejede at ringe til Punky, men han havde sagt, at han ikke kom her om natten, så jeg valgte at lægge mig tilbage i min seng, hvor jeg faldt i søvn næsten med det samme.

Næste morgen fangede jeg Punky ved morgenmaden og fortalte ham om ruden.

"No problem, den fikser jeg," sagde han. "Men hvordan skete det?"

"Det var stormen i nat, jeg tror, den blæste grenene udenfor ind i mit vindue. Eller også var det en tagsten. Man kunne høre dem falde over hele baggården."

"Stormen?" Det var Inga.

"Ja, stormen i nat."

"Det har da ikke stormet her i området i nat, har det?" Punky så på de andre, som alle rystede på hovedet.

"Ikke hvad jeg har hørt i hvert fald." Det var Carlos.

"Men så gå ud og se tagstenene! Og mit værelse!" Jeg kunne mærke, at mine kæber greb fat om hinanden og ikke ville give slip. Jeg var nødt til at stikke hænderne i lommerne på min trøje.

"Ja, selvfølgelig. Ja. Og Punky fikser det, ikke Punky?" Inga, Punky og Dawn udvekslede blikke. Carlos så ned og Lelia så på mig. Der var frygt og tårer i hendes øjne. *Stakkels pigebarn, hvis bare jeg kunne hjælpe.*

"Er du okay?" spurgte jeg hen over bordet. Hun nikkede og så ned på sin mad, som hun ikke havde rørt.

"Selvfølgelig er hun okay," sagde Dawn, "hun er bare nervøs for i aften, hvor hun skal lave en ny lydskulptur til vores fælles udstilling. Der kommer rigtig mange gæster, også fra Leipzig og Berlin. Er det ikke rigtigt, min pige?" Dawn lagde armen om Lelias skulder og gav hende et klem. Lelia smilede et lille bitte smil og alligevel lyste det hele bordet op.

"Giv mig lige en times tid, så har jeg fikset dit værelse," råbte Punky på vej ud med sin sædvanlige hoppende hurtiggang og de hvide dreadlocks dansende under kasketten.

Jeg satte mig ned og forsøgte at falde ind i snakken om aftenens aktivitet, men jeg kunne godt mærke, at jeg havde ødelagt stemningen og fik den tanke, at de andre kun blev siddende, fordi det ville være for tydeligt et signal, hvis de rejste sig og gik fra mig. Så jeg rejste mig selv og satte mig ud i solen i gårdhaven med min kaffe. Jeg så rundt langs kanten af bygningerne efter de mange faldne tagsten, men kunne ikke få øje på nogen.

Om aftenen tog jeg mit pæne tøj på og begav mig – fast besluttet på at have en helt normal aften over i det store atelier, hvor udstillingen og Lelias lydskulptur skulle være. Jeg var i god tid og nåede at drikke et par glas champagne på tom mave, inden gæsterne begyndte at droppe ind. Jeg hilste og småsnakken fløt fint for mig. Det samme gjorde champagnen. Vi gik rundt og så på de mange værker, som Carlos, Inga og Dawn havde nået at fremstille på den måned, som nu næsten var gået. Lyssætningen var perfekt, og værkerne trådte magisk frem fra væggene.

Ned fra loftet hang 5-6 m lange papirværker, som Carlos har lavet. De var sort-hvide og lavet med trækul, som han selv havde brændt, fortalte han. Der var noget dystert over dem, som jeg ikke havde oplevet i Carlos før. Måske kunne han læse overraskelsen i mit ansigt, for han trådte hen til mig med et hvidt smil og sagde:

"Ikke hvad du forventede?"

"Nej, det må jeg indrømme, men jeg kan lide dem."
Jeg smilede et smil, som jeg faktisk kunne mærke
indeni også. Men så fik jeg øje på Milo og Lelia, som
sammen gik og så på værkerne. Noget voldsomt og
ustyrligt rørte på sig i mig. Som om nogen prøvede
at flå sig vej ud af mit bryst. Så undskyldte jeg mig
overfor Carlos og gik efter et nyt glas champagne.

På lidt usikre ben slyngede jeg champagnen i
mig på vejen ud mod toiletterne. Jeg rev døren op
til et aflukke og satte mig og tissede, mens jeg prø-
vede at få styr på min vejrtrækning. Da jeg havde
skyllet ud og vasket hænder, gik jeg ud i hallen.
Her hørte jeg stemmer og trak mig ind i skyggen,
hvor jeg kunne se de to, som skændtes. Det var
Milo og Lelia.

Jeg kunne ikke høre, hvad de sagde, men Milos
stemme var vred og dyb, Lelias lille og sprukken.
Milo tog fat i hendes arm, men hun rev sig løs og
løb op ad trappen. Milo blev stående. Jeg tabte mit
tomme glas, og Milo så straks i min retning. Han
rystede på hovedet med et lysende blik på mig. Så
vendte han sig og sprang op ad trappen efter Lelia.

Jeg stod lidt og vidste ikke, hvad jeg skulle gøre.
Jeg gik ind og tog mig et nyt glas champagne, men
kunne ikke helt komme i stemning til at småsnakke

igen, så jeg tømte glasset og gik tilbage i hallen. Lidt tøvende begyndte jeg opstigningen, men undervejs greb panikken mig, og jeg satte farten op. Der var ved at ske noget forfærdeligt, det kunne jeg mærke så tydeligt, som man mærker trykken før torden. Da jeg nåede øverste etage, kunne jeg høre deres stemmer tydeligt. *Hvor tit havde de mødtes heroppe?*

Jeg trådte ud på taget og så Lelia stå ude ved den lave afsats og Milo lidt længere inde. Det så ud som om, Lelia ville springe. Jeg skyndte mig frem og var ved at falde over mine egne ben. Det svimlede for mine øjne.

"Han er det ikke værd, Lelia!" råbte jeg. "Du ved ikke, hvem han er. Han er det onde selv. Han er udødelig, han har dræbt en masse mennesker, han skaffer folk til medicinske forsøg, han var læge i Kz-lejrene, han er en dæmon, Lelia, du må ikke gøre, hvad han siger, han er Veles, han er en drage og en slange, han vil slå dig ihjel, du må lytte til mig, Lelia, se på mig, Lelia!"

Lelia så på mig. Først var hendes øjne fuldkommen mørkeblå af rædsel, så blev de tomme og sorte. Hun trådte et skridt tilbage og faldt. Hun nåede at gribe fat i kanten på afsatsen, så hun hang udover taget og skreg med en lyd som tusinde væltende krystalglas. Jeg var helt lammet. Kunne ikke røre mig. Jeg så over på Milo, men der var ingen Milo. Der var kun mig og pigen, som hang fra taget. Hun skreg ikke mere, men bad mig klynkende om hjælp. Jeg kikkede ned og så, at en slange havde snoet sig fast om mine ben og mine arme. Jeg ville række ud, men kunne ikke. Slangen klemte så fast om min krop, at jeg følte, mine øjne ville springe ud af deres huler. Pigen kikkede på mig med lyseblå krystaløjne fulde af tårer. Så slap hun grebet og faldt.

Jeg løb ned ad trappen for at finde Milo, for at kalde på hjælp, for at gøre opmærksom på, at Lelia var faldet. Rummet emmede af latter, småsnak og champagneinducerede komplimenter til kunstnerne. Folk ventede på Lelia, på hendes lydskulptur. Jeg ventede også. *Hvor blev hun af? Det var da hendes aften. Man havde hørt, at hun var fantastisk. Ja, det kunne jeg også bekræfte, jeg havde kun set hendes performance en gang, men den var virkelig fabelagtig, og du var kommet helt fra Berlin, nej, hvor spændende, fra hvilket galleri? Gud hvor skønt, et glas champagne mere? Ja tak, som byder. Nej, se nu den måde det lys falder på Dawns billeder, hvor er de mageløse, sikke en lys palette, hun har, livsglæden skinner jo fra hvert strøg af*

hendes pensel, hvor er det storslået, ja, og den unge Car-
los, se de mørke figurer der, og hvor tør han pludselig så
meget mere, noget må have inspireret ham her i Zeitz,
haha, ja, det må du nok sige, et glas mere?

Jeg sov bedre, end jeg havde gjort længe, da jeg
halvt kom til bevidsthed ved lyden af sirener ude
på gaden. Sirener som stoppede ved Nudelfabrik-
ken. Jeg så det blinkende blå lys bag mine gardiner.
Det cirklede over bygningerne en halv times tid, så
forsvandt ambulancen igen uden udrykning.

AFSKED

Næste dag kom Mathias tilbage og nåede at sige farvel til de af os, som havde pakket og var på vej hjem. I løbet af de næste dage ville hele gruppen være opløst og rejst. Nye grupper ville komme hertil og rejse igen, som om intet var hændt. Vi sagde farvel til hinanden, som var vi nære slægtninge, som aldrig skulle se hinanden igen. Jeg ville i hvert fald aldrig komme til at se nogen af dem igen, hvis jeg kunne undgå det.

Der blev ikke talt meget om Lelia og det, som var sket om natten. Politiet havde afhørt Milo kortvarigt. De syntes at være af den overbevisning, at Lelia havde begået selvmord, fordi hun havde fundet ud af, at Milo havde en kone og datter i Kyiv.

Mit tog gik kl. 10, og jeg stod på perronen i god tid, ivrig efter at forlade Zeitz. Lige inden toget satte i gang, drejede jeg hovedet mod vinduet for at se ud over byen en sidste gang. I stedet så jeg ind i et par øjne så strålende grønne som nyudsprungne bøgeblade. Ansigtet var fejlfri elfenben og håret ravnsort ibenholt. Hendes blik holdt mig fast, mens hun langsomt lænede sig frem og kyssede ruden lige ud for min mund. Det gav et sæt i mig. Eller måske var det bare toget, som satte i gang. Så var hun væk. Jeg så rundt på de andre rejsende, men ingen så ud til at have set noget. Men på ruden i højde med mit ansigt sad et tydeligt aftryk efter kvindens mund. Jeg lænede mig frem og kyssede igen.

TAK

Tak til kunstnerresidensen, Nudelfabrik i Zeitz, Tyskland for et fantastisk ophold i april måned 2022. Selv om min fortæller har tegnet et dystert billede af Zeitz og Nudelfabrikken, så skyldes det ene og alene, at fortællingen ville det sådan. Zeitz er ganske rimeligt beskrevet som delvis spøgelsesby, men Nudelfabrikken var skøn, og alle dens beboere, hvoraf der er navnesammenfald eller -sammenlignelighed med karakterer i min fortælling, var alle søde og dejlige mennesker, gode samtalepartnere og spændende kunstnere.

Tak til Skoleinspektør Kai Andersens Fond som hjalp mig med udgifterne til rejse og ophold, det gjorde en stor forskel.

Tak til mine betalæsere for vurdering af uhyggen i fortællingen – det var god feedback!

ANDRE BØGER AF FORFATTEREN

I serien "Moderne Nordiske Fortællinger:

Vildmark, en Saxnäs-fortælling, 2022
Sortebogspræstens Datter, en Lofoten-fortælling, 2022
Den Hvide By, en Stavanger-fortælling, 2021.
Laksekongen, en fortælling fra Eysturoy, 2021.

Bøgerne i serien findes på både dansk og engelsk.

Fiktion:
Palle Piksvinger, roman, 2021
Genforeningen, en lang novelle, 2020
Tavshedens Børn, roman, 2019
Trolden i Bjerget, eventyr/børnebog, 2019
Moderne Folkefortællinger, 2019
SMÅTING bind 1-3, digtsamling, 2019
Rim i verdensmål, lyrik, 2018

Non-fiktion:
Sognet fortæller... Indsamling af livsfortællinger i dit sogn, 2020
Skriv jeres forenings historie, 2020
Tingene fortæller..., 2019

Skriv dit arbejdsliv! 2019

Skriv din livsfortælling - hvorfor og hvordan, 2018

Voksenundervisning - en håndsrækning af praksiserfaringer, 2017

Forfatteren er cand.mag. i Historie og Nordisk sprog og kultur og elsker krydsfeltet mellem historie og historier. Hun er især optaget af, hvordan fortiden gestalter sig i nutiden.

Forfatteren har tidligere blandt andet arbejdet som underviser i historie og dansk litteratur og som senior ledelseskonsulent i A.P. Møller – Mærsk. Hun har både rejst rundt i Europa som gademusikant uden penge og i resten af verden i jakkesæt på businessclass. Hun har boet i Danmark, Island og England og tager nu som forfatter og kunstner ofte længerevarende ophold i andre lande for at skrive og male. Forfatteren er ophavskvinde til bogens illustrationer.

Du er velkommen til at følge forfatteren via hendes hjemmeside eller sociale medier:
www.unnahvid.dk
Facebook: https://www.facebook.com/UnnaHvid/
Instagram: https://www.instagram.com/unnahvid/

Eller til at kontakte Unna Hvid direkte på e-mail:

unnahvid@gmail.com

Unna Hvid Storytelling
Fortællinger for voksne med smag for historie og historier